POETES

À Guillevic,
Poète majeur en notre temps
dont la disparition nous attriste
à l'heure où nous mettons sous presse

Collection dirigée par Marc de Smedt et Michel Piquemal

 - Dépôt légal : second semestre 1997 - N° d'édition : 11 132 - ISBN : 2 226 09020 7 - Imprimé en France par Pollina

PAROLES DES POÈTES D'AUJOURD'HUI

Recueillies par Michel Piquemal
et Claude Barrère

Images de Michele Ferri

ALBIN MICHEL

Ceci n'est pas une anthologie… plutôt la collecte buissonnière de deux passionnés de poésie, fréquentant assidûment livres et revues, plaquettes et recueils, et autres micro-espaces pour mots en liberté. Cette collecte obéit à deux partis pris de départ : que les auteurs retenus soient d'expression française et vivants en 1997, que les textes choisis entrent en résonance avec une forme de sagesse. Autant de PAROLES, ressourcées aux origines comme affrontées à nos finitudes, à faire sentir et vivre le présent, que les illustrations de Michele Ferri excellent à relier et à épanouir en constellations chaudes et vibrantes.

À ceux qui croiraient encore que l'écriture poétique est affaire d'hermétisme méprisant et de formalisme ennuyeux, nous voudrions offrir une Poésie qui se saisit tout naturellement de la Vie, dans le frottement intense des mots du quotidien.

« Exercice périlleux en dépit des apparences de simplicité qui ne vise rien moins qu'à restituer à l'homme sa plénitude à tous les instants.[1] »

Oui, les Poètes sont vivants, bien vivants, dans nos villes et campagnes, au détour d'un chemin, au coin d'une rue, à notre porte. Il suffit d'aller à leur rencontre, de passer outre l'indifférence légendaire des médias à leur égard. Car là où viennent à se dresser de nouveaux murs, ce sont eux qui ouvrent encore et toujours des fenêtres, engagent la résistance et nourrissent dans la semi-clandestinité les forces natives.

Non, la Poésie n'est pas d'hier. Elle est résolument d'aujourd'hui. Et la jeunesse actuelle ne s'y trompe pas, en dépit des enquêtes culturelles alarmistes qui la renvoient à des pratiques plus « branchées » : ne la retrouve-t-on pas s'adonnant à toutes sortes d'écritures effervescentes, du poème à la nouvelle, à moins qu'elle ne découvre sur fond de jardin public le plaisir de lire, relire Rimbaud, Guillevic, Whitman ou Brassens…

Ce choix, selon la loi du genre, apparaîtra limité et partial : puisse-t-il ouvrir sur d'autres lectures pour affirmer ce miracle sans cesse renouvelé d'une Poésie qui fait exister.

« Avec elle, pas besoin d'argent, ni de précautions, de dictionnaire, de diplômes ou de simagrées. Entrez, écoutez, respirez. Quelle différence ![2] »

Les auteurs

Notes : 1. René Cazajous – 2. Georges L. Godeau

Le Poète

Jamais jamais je ne pourrai dormir tranquille
aussi longtemps

que d'autres n'auront pas le sommeil et l'abri

ni jamais vivre de bon cœur
tant qu'il faudra que d'autres

meurent qui ne savent pas pourquoi

J'ai mal au cœur mal à la terre mal au présent

Le poète n'est pas celui qui dit
Je n'y suis pour personne

Le poète dit J'y suis pour tout le monde

Ne frappez pas avant d'entrer

Vous êtes déjà là

Qui vous frappe me frappe

J'en vois de toutes les couleurs

J'y suis pour tout le monde

Claude Roy

c'est sure parce que nous
ne peux pas tous
felice sarei stata con noi

Si quelques mots voulaient venir à son secours
peut-être traverserait-il le jour
sans trop mourir celui que
le poids des choses conduit dans
les vergers sans fruits du silence.

Peut-être serait-il absous
d'avoir été dans un même temps
l'ange et la bête
celui qui traquait des langages
dans l'azur et dans la paille.

Et si quelque parole fût-elle pauvre
aimait à le prendre en pitié
peut-être s'ouvrirait-il au péril
de vivre encore une journée
celui qui défaille

et espère.

André Schmitz

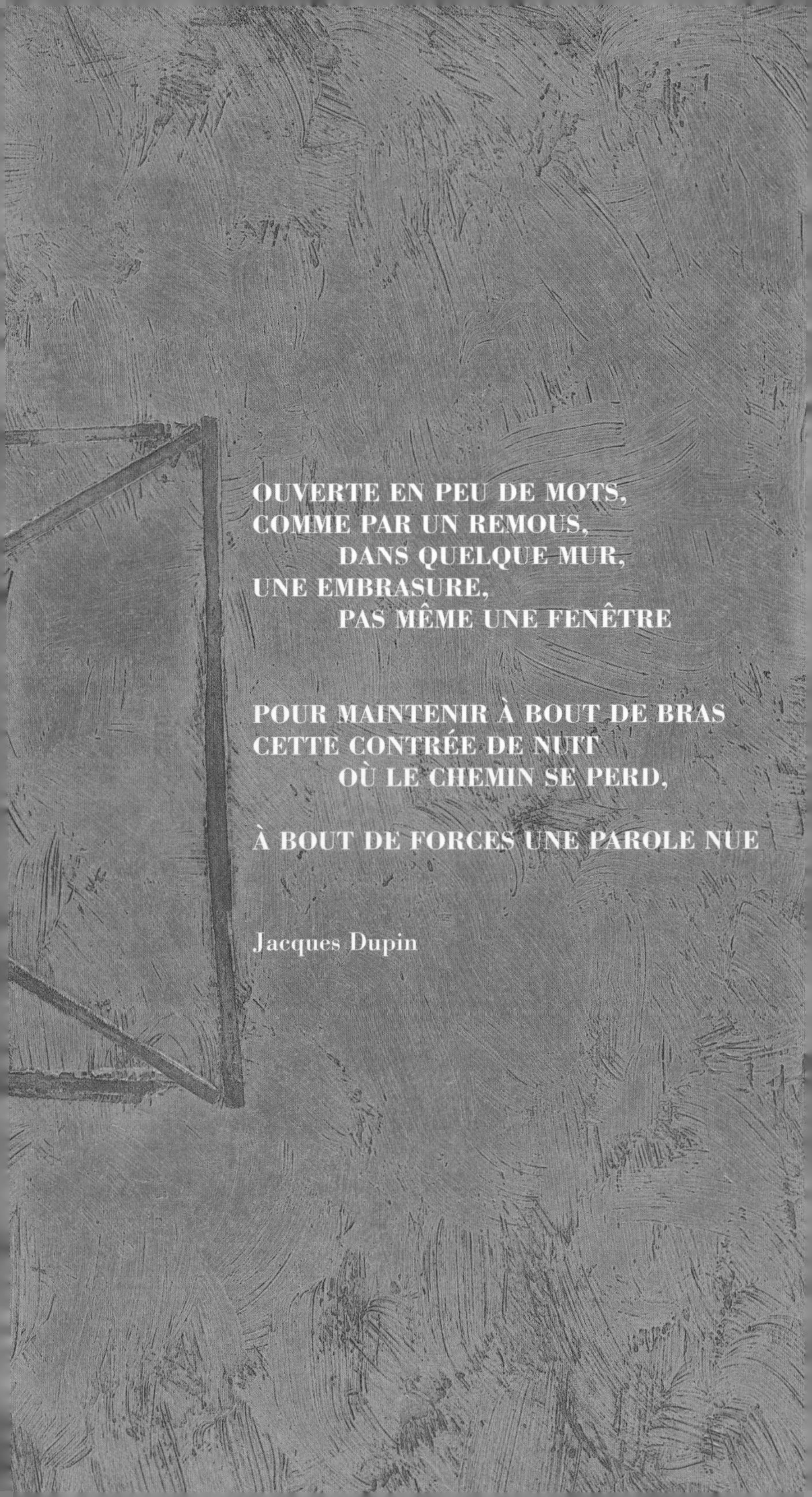

OUVERTE EN PEU DE MOTS,
COMME PAR UN REMOUS,
DANS QUELQUE MUR,
UNE EMBRASURE,
PAS MÊME UNE FENÊTRE

POUR MAINTENIR À BOUT DE BRAS
CETTE CONTRÉE DE NUIT
OÙ LE CHEMIN SE PERD,

À BOUT DE FORCES UNE PAROLE NUE

Jacques Dupin

LES SEMBLABLES

(...)
Autant le dire à celui qui m'écoute :
Je te ressemble à ce point qu'au soleil
Je crois me voir dans ton corps de passage
Et je t'entends en m'écoutant moi-même.

Mon œil a soif des autres, je les crois
Jaillis de moi comme un oiseau de l'œuf
Et leur cœur bat comme battent mes veines,
Je suis lié par un pacte de sang.

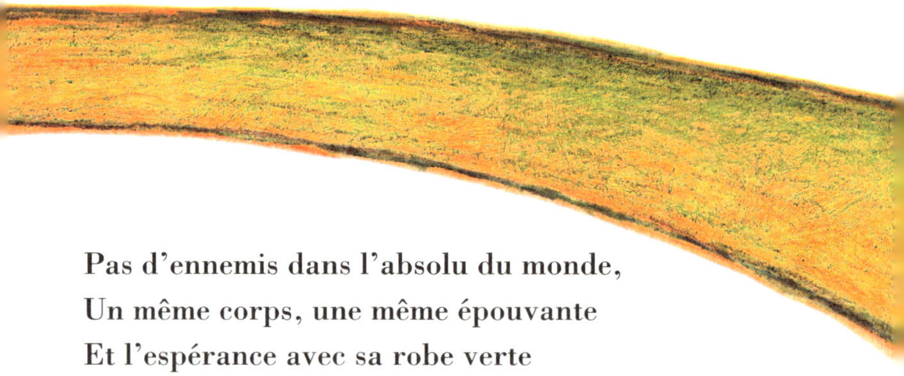

Pas d'ennemis dans l'absolu du monde,
Un même corps, une même épouvante
Et l'espérance avec sa robe verte
Pour nous unir par un même refus.

Robert Sabatier

NON

À tous

Est-ce mon pas, est-ce le vôtre dans la nuit ?
Est-ce mon sang, est-ce le vôtre
Qui s'allume et s'éteint sans cesse sous la peau ?
Est-ce ma main, est-ce la vôtre qui conduit
Notre attelage claudicant
D'un bord à l'autre de la vie ?

Je n'en sais rien mais je me perds entre les astres
Si je n'entends en moi vos tintements furtifs,
Je n'en sais rien mais votre toux me ronge
Et je ne puis me voir ailleurs
Que dans vos yeux qui me dévastent.

Jean Rousselot

À vivre le chant
On gagne
Sur l'effondrement

Guillevic

Le beau
Est ce qui donne à vivre
L'innocence du monde.

Guillevic

Sera comblé
Celui pour qui l'espace
Ne sera pas dehors.

Guillevic

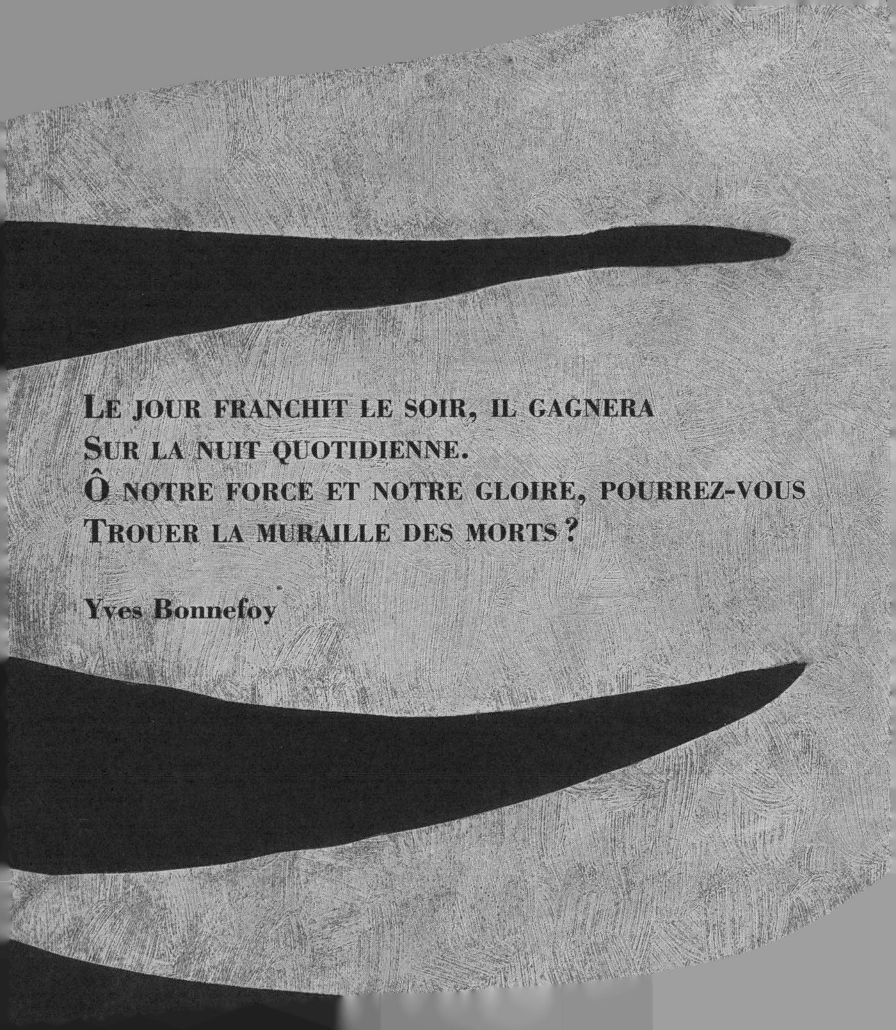

LE JOUR FRANCHIT LE SOIR, IL GAGNERA
SUR LA NUIT QUOTIDIENNE.
Ô NOTRE FORCE ET NOTRE GLOIRE, POURREZ-VOUS
TROUER LA MURAILLE DES MORTS ?

Yves Bonnefoy

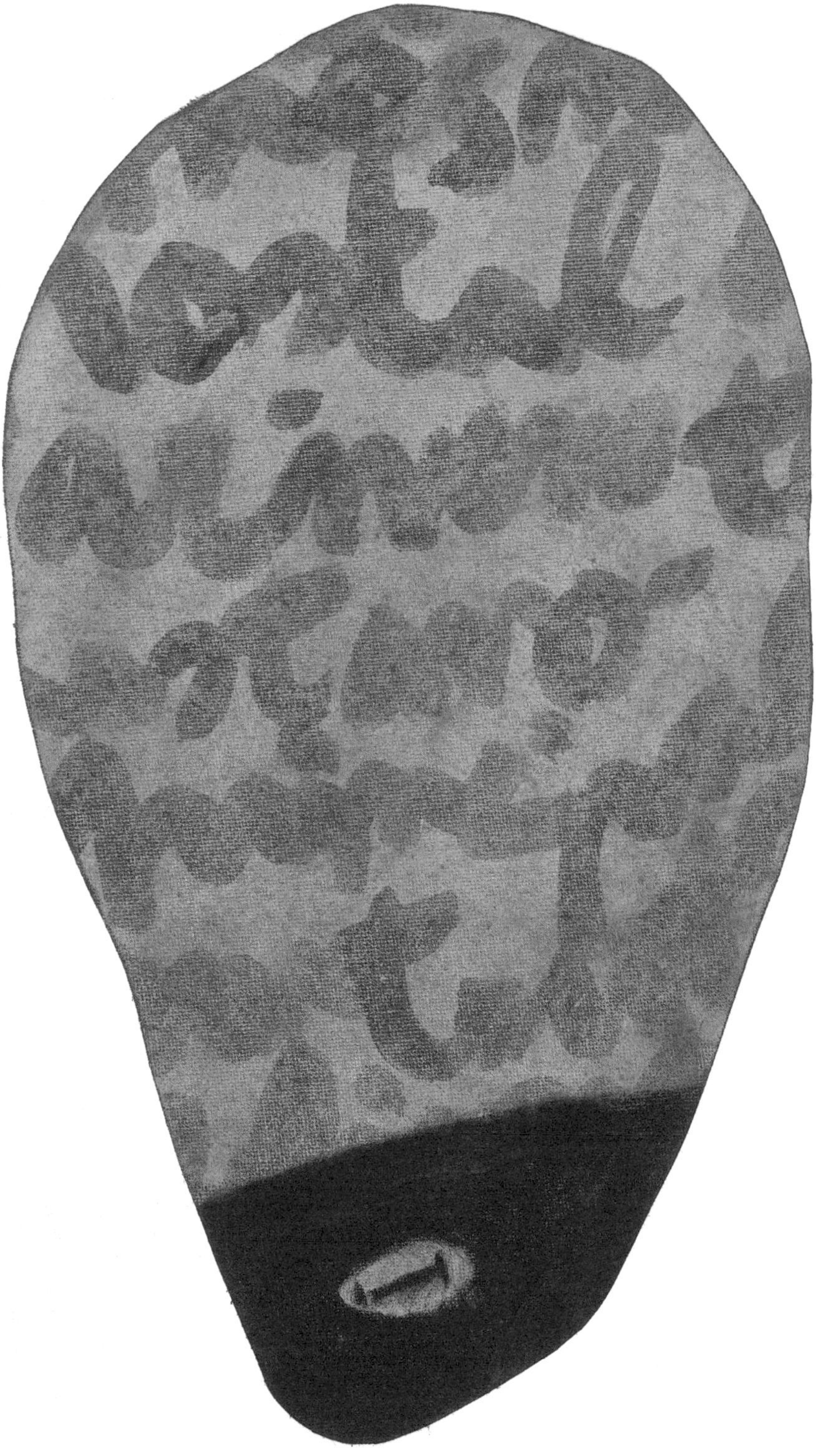

COURAGE

à Lawrence Durrell

Ô POÈTE
RATON-LAVEUR
LAVANDIÈRE INFATIGABLE
RAVAUDEUR OBSTINÉ
DES MOTS
QUI MASQUENT LA FORÊT
DES BONHEURS CONSIGNÉS
DANS LES MATRICES LOINTAINES
DES ÂGES PERDUS
COURAGE
LAVE BRASSE RINCE ESSORE
BATS SOUS LUNES ET SOLEILS
TES MILLIONS DE MOTS-LUMIÈRE
ET MEURS
PAUVRE ANIMAL DE DIEU.

F. J. Temple

Bonjour à toi qui viens de nuit.

Bonjour à toi démarche souveraine qui fends la pulpe du soleil.

Bonjour à toi dans la poussière.

Tout ce jour à t'user, à l'user.

Aux os de ta fatigue.

Lorsque la lumière se voûte sur un puits –

Paix, les bruits se posent.

Ah, comme l'oreille se lisse !

Bonne nuit à toi qui viens de lumière, qui viens silence.

Comme une ultime paupière de couleur ou de son

Tu migres en profondeur, laissant le jour blafard sur la table

[de l'embaumeur.

Lorand Gaspar

18
9
3
11
17
25
10
23
13
14
26
16
19
27
8
6
20
22
7
28
29

VICTOIRE DU MONDE

Que déjà je me lève en ce matin d'été
Sans regretter longtemps la nuit et le repos.

Que déjà je me lève
Et que j'aie cette envie d'eau froide
Pour ma nuque et pour mon visage.

Que je regarde avec envie
L'abeille en grand travail
Et que je la comprenne.

Que déjà je me lève et voie le buis,
Qui probablement travaille autant que l'abeille.
Et que j'en sois content.

Que je me sois levé au-devant de la lumière
Et que je sache : la journée est à ouvrir.

Déjà, c'est victoire.

Guillevic

Chaque matin d'un bond
le soleil prend pied dans mon visage.
Je m'empare de cette brûlure comme d'un gouvernail.

Lorand Gaspar

Toujours l'aube : la fenêtre
s'ouvre sur le jardin.

Toujours toi : la main posée
sur mon ventre et tu dors.

Se taire. Écouter seul
le bruit de pluie de l'arrosoir sur les rosiers.

Entre l'Unique qui veille
et la splendeur mouvante du tout
il y a délices
à se savoir mortels.

Yves Rouquette

Ainsi la terre aura roulé
siècles et siècles
à travers l'immensité consentante ;
comme toi,
poussant du bout du doigt cette mie de pain
    sur le bord de la table
– jusqu'à ce que ce jour ait un sens.

Casimir Prat

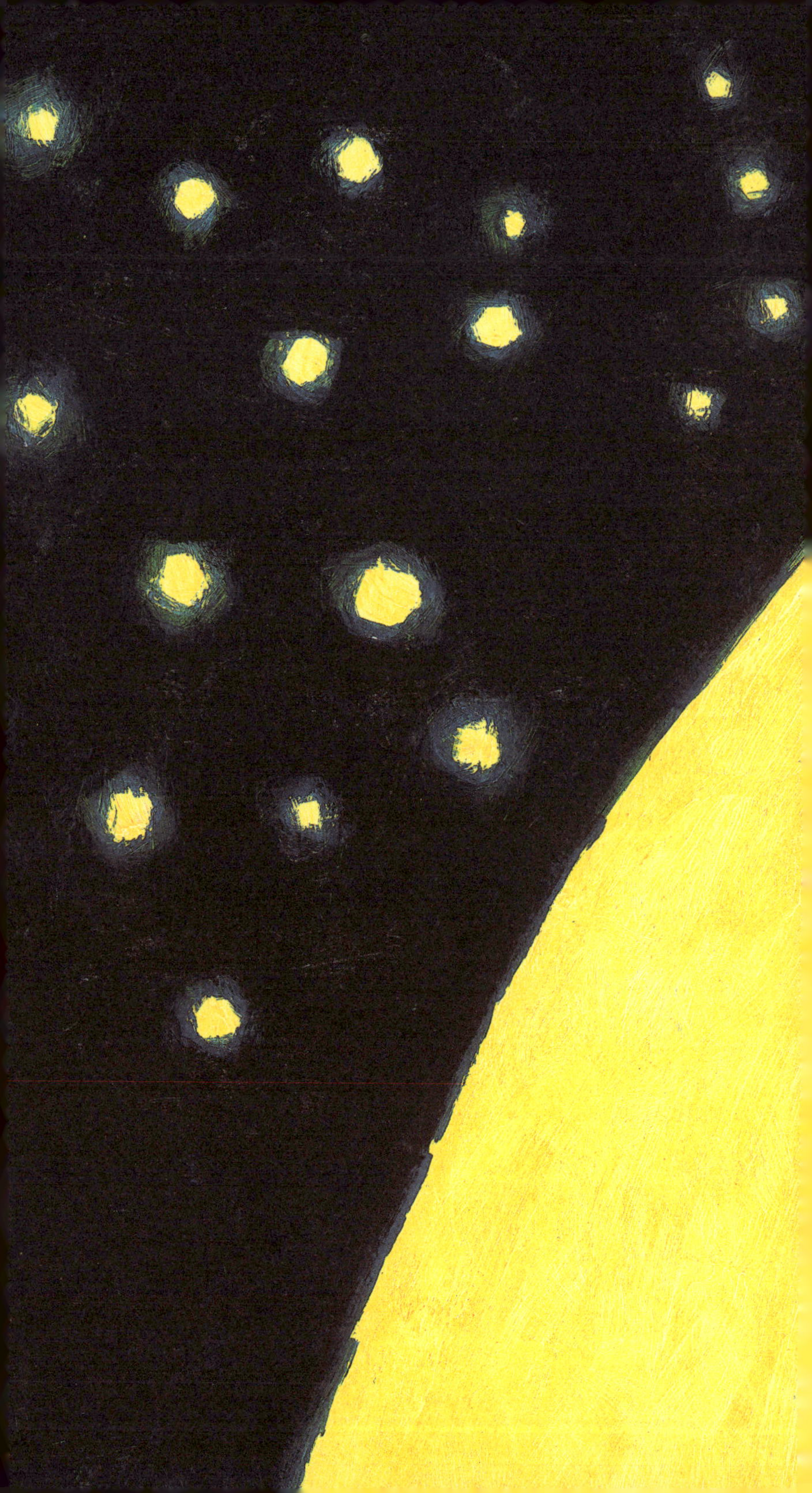

LE HAUT DU MONDE

Je sors,
Il y a des milliers de pierres dans le ciel,
J'entends
De toute part le bruit de la nuit en crue.
Est-il vrai, mes amis,
Qu'aucune étoile ne bouge ?

Est-il vrai
Qu'aucune de ces barques pourtant chargées
D'on dirait plus que la simple matière
Et qui semblent tournées vers un même pôle
Ne frémisse soudain, ne se détache
De la masse des autres laissée obscure ?

Est-il vrai
Qu'aucune de ces figures aux yeux clos
Qui sourient à la proue du monde dans la joie
Du corps qui vaque à rien que sa lumière
Ne s'éveille, n'écoute ? N'entende au loin
Un cri qui soit d'amour, non de désir ?

Yves Bonnefoy

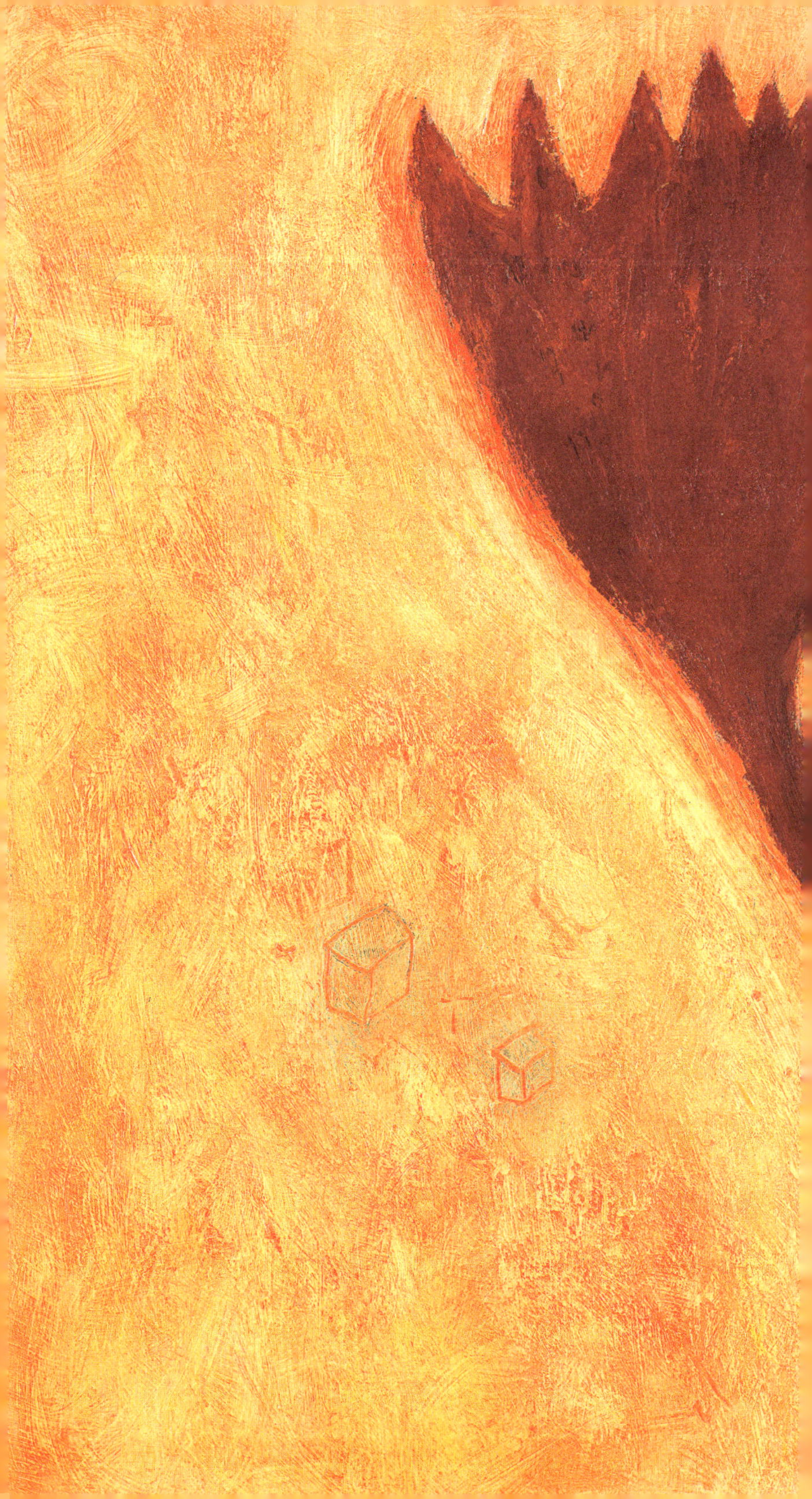

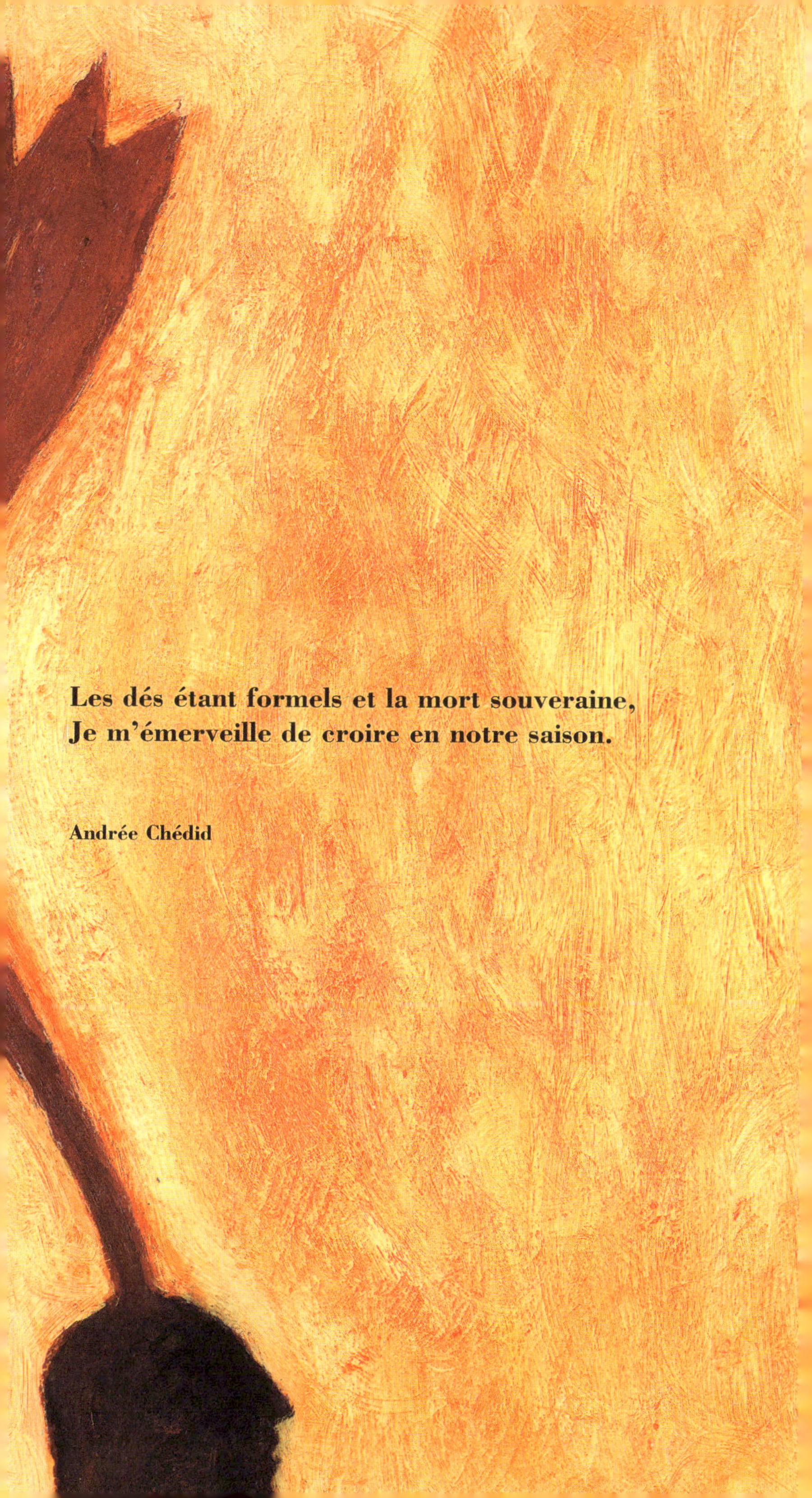

Les dés étant formels et la mort souveraine,
Je m'émerveille de croire en notre saison.

Andrée Chédid

QUI RESTE DEBOUT ?

D'ABORD
EFFACE TON NOM
ABOLIS TON ÂGE
SUPPRIME TES LIEUX
DÉRACINE CE QUE TU SEMBLES

QUI RESTE DEBOUT ?

MAINTENANT,
RESSAISIS TON NOM
REVÊTS TON ÂGE
ADOPTE TA MAISON
PÉNÈTRE TA MARCHE

ET PUIS...

À N'EN PLUS FINIR,
RECOMMENCE.

Andrée Chédid

Ébranche ton orgueil, réduis le geste, ne t'emploie
qu'au brisement des terres les plus noires
et n'oublie pas d'enclore, d'irriguer.

Que ta main fasse vœu de connivence,
que la racine ait ta complicité
et le feuillage aux cimes ta louange.

Ta pauvreté se vêt de transparence,
ton ombre suit l'ombre de toute sève.
Muet, tu cries. Pesant, tu te délivres.
Seul, te voici de ruches habité.
Tu tiens au doigt la lumière du monde.

Jean Joubert

Comme Une Phrase Sur Elle-Même

C'est bien du grand beau temps
et ce matin en ouvrant les volets
c'est bien le bleu du ciel
qui nous a fait un bon moment
rester sans rien nous dire
simplement regarder
à travers les branches
le ciel de cette journée
qui allait une fois encore
partir dans une histoire
où rien – mais rien –
ne nous rendrait un peu
de ces minutes
qui nous avaient retenus
derrière la fenêtre
comme devant une toile
dont nous aurions été les premiers
à lire les couleurs
sur une terre qui tourne
à la manière d'une phrase
sur elle-même
sans rien avancer d'autre parfois
qu'une immense certitude
parfaitement collée à la réalité.

François de Cornière

LE PAYS CLAIR

Toute la nuit la cigale a dansé sur mon torse nu. Trop dansé. Je suis debout dans le camp silencieux. Les vraies cigales attendent le soleil.

Je descends vers la mer. Je lui apporte mille kilomètres de fatigue. Elle connaît le remède, elle m'invite. Je m'étire, balance bras et jambes, je trempe mon orteil et hop.

Mes mains sont des palmes qui cherchent des perles. Elles fouillent le gravier, elles s'accrochent. Je bats doucement des pieds. Je suis une algue.

Les hommes de mon pays comprennent mal les jeux d'enfants.

J'ai trop bu de sel. Je suffoque, je marche, je respire. Le soleil qui monte va sécher mon corps. Je regarde le ciel du midi sec comme un linge qu'on serre. Il fera chaud.

Une femme arrive pour le bain. Elle est nue. Elle entre comme dans un jardin. Je suis dans le clair de la vie.

Georges L. Godeau

LA NAISSANCE

Trois fois trois jours la cloche des douleurs t'éveilla et ton visage prit la couleur qui m'avertissait. Toute ta chair se hâtait vers ce dernier travail.

L'éternel miracle était encore une fois à notre porte.

La grande poussée victorieuse libéra le poisson tout luisant de sa mère. Il était là, dangereux à tenir, et nous ne savions pas s'il était déjà lui ou encore nous.

C'est alors que nos yeux se reconnurent. Nous échangeâmes nos joies d'avoir mené la tâche, nos vigueurs d'avoir résisté à d'autres tentations, nos confiances de nous connaître.

Notre poisson restait là, endormi, après le grand effort de ses poumons et nous ne savions pas encore si son âme était arrivée.

Gabriel Cousin

FOSSILES DE L'ÊTRE ET DE L'ÉTANT

Il peut arriver qu'à travers de frais éboulis apparaisse en lumière vive cette trace de ce qui fut un instant la forme de la vie. On se penche, on tarde à se reconnaître, on se détache pourtant avec soin de la roche et de la poussière, et l'on se porte avec précaution sur le bord d'une cheminée pour se contempler dans l'experte lumière et se montrer à qui veut entendre, fossile ou poème, irréfutable preuve que l'on fut cela. Ô douce et fière soif de l'anonymat !

Gil Jouanard

LA BICYCLETTE

Passant dans la rue un dimanche à six heures, soudain,
Au bout d'un corridor fermé de vitres en losange,
On voit un torrent de soleil qui roule entre des branches
Et se pulvérise à travers les feuilles d'un jardin,
Avec des éclats palpitants au milieu du pavage
Et des gouttes d'or en suspens aux rayons d'un vélo.
C'est un grand vélo noir, de proportions parfaites,
Qui touche à peine au mur. Il a la grâce d'une bête
En éveil dans sa fixité calme : c'est un oiseau.
La rue est vide. Le jardin continue en silence
De déverser à flots ce feu vert et doré qui danse
Pieds nus, à petits pas légers sur le froid du carreau.
Parfois un chien aboie ainsi qu'aux abords d'un village.
On pense à des murs écroulés, à des bois, des étangs.
La bicyclette vibre alors, on dirait qu'elle entend.
Et voudrait-on s'en emparer, puisque rien ne l'entrave,
On devine qu'avant d'avoir effleuré le guidon
Éblouissant, on la verrait s'enlever d'un seul bond
À travers le vitrage à demi noyé qui chancelle,
Et lancer dans le feu du soir les grappes d'étincelles
Qui font à présent de ses roues deux astres en fusion.

Jacques Reda

UNE DÉFINITION DE LA POÉSIE

La poésie, c'est notre père qui arrive un soir
Sous une pluie torrentielle, et qui nous chante
Une complainte qu'il a composée pour une petite
Cuillère en argent.

Notre père voulait arrêter la pluie de septembre avec une petite cuillère, et la pluie a retourné son esprit comme un vieux pantalon.
La poésie, c'est :

Un père haïtien qui perd la raison
Pour une petite cuillère mise en chanson
Sous une pluie qui pousse avec rage
Tout près de notre enfance !

René Depestre

IL FAUDRAIT ÊTRE ENCORE PLUS SIMPLE

à Henri de Lescoët

Il faudrait être encore plus simple,
Si simple que l'on puisse entrer
Dans la simplicité du vent,
Du soleil poussièreux,
Du linge qui pantèle sur la corde sans se plaindre.
Il n'y a pas de désespoir dans le monde,
Ni d'espoir.
Il n'y a que la simplicité du vent,
Du soleil,
Du linge,
De la corde ;
Il n'y a que la simplicité de l'eau,
Ses vergetures d'accouchée ;
Il n'y a que l'eau,
Le caillou,
La simple nécessité de brûler et de mourir.
Il faudrait pouvoir entrer sans frémir
Dans les choses,
Comme les choses
Entrent dans les choses.
(...)

Jean Rousselot

La terre est la réponse sans question.

Gaston Puel

LA BEAUTÉ PERDUE

Je mangerai la terre et les racines
j'avancerai sur le ventre lombric humain
j'ai une telle faim des éléments du Simple
la vie du siècle m'écrase
la ville moderne me déchire

aujourd'hui partout où je vais c'est
dans la beauté perdue

j'ai vu disparaître les rivières leurs sources et des
fleuves même
rivages quais parcs profonds et tant de jardins subtils
allées promenades hameaux villages
quartiers entiers
j'ai vu se bétonner des plaines des collines rasées
les voitures s'y garent sur l'Ombre animale des
chevaux disparus

la brutalité des hommes est hénaurme !

pourtant
parfois
la tendresse d'un homme seul m'éblouit encore

Daniel Biga

ÉPÎTRE AUX OISEAUX DE CETTE CÔTE

Vous goélands qui connaissez cette côte
depuis l'Aber Wrac'h jusqu'aux Sept-Îles
vous au bec à pointe rouge
vous sternes et mouettes tridactyles
vous pies de mer
vous bandes de hérons fantômes
qui hantez encore l'île Millau
(je vous vois le soir
au-dessus du bois de pins
gris-bleu dans le bleu)
ceci seulement pour dire
que je vous suis reconnaissant d'être là
sinon
si vous étiez tous partis
c'est que les autres auraient gagné
ceux qui avancent
ceux qui construisent
avec leurs idées idiotes et leurs credo crétins
leurs marées noires et leurs déchets nucléaires
leurs bruits et leurs nuisances
(ils ne savent pas marcher le long de la côte,
il leur faut toutes sortes
de jeux et d'animations
ils ne savent même pas ce qu'ils ont perdu) –
alors je vous en prie
continuez à vous servir du ciel
comme vous savez le faire
portés par le vent
les yeux grands ouverts
    suivant les lignes de la côte
(ainsi que d'autres plus difficiles à voir)
et lancez un cri de loin en loin
pour ceux d'entre nous, en bas, qui veillent
ce sera une sorte de rappel
(pour accompagner les signes enclos
dans le silence de la pierre) :
bien au-delà de la maison du cœur
jusque dans les os

Kenneth White

Les oiseaux dans le ciel meilleur
passent comme des sourires,
des sources rouges et blanches

Au couchant, ils peuvent dans les arbres
qui ne bougent, chanter ; l'étrange
encore les épargne. Ils savent, les rares
être ici.

Casimir Prat

Saisons

Hier, ils furent

lianes, plumes, vagues, tendres oiseaux de feu, fougères unies sous la rosée, double crête d'écume dansante à la lisière de l'eau, du ciel, du sable, douceur d'un seul fruit que formait leur haleine éternelle

Et les voici

pierres, silex, micas, cristal, bois mort poli, nu, clos, trait, fer, fil, lame, nets ossements sur le fascinant désert du temps.

Georges Emmanuel Clancier

Le levain du monde
tantôt un peu d'ombre
tantôt la couleur

il lui faut des yeux
pour pouvoir mûrir
et la terre blanche

un crâne et des mains
l'élan de la tête
la peur de mourir

le désir aveugle
qui nous fait choisir
de durer quand même

sous chaque visage
la vie se tutoie
avec la beauté

on aimerait boire
toute la poussière
que fait la lumière

attraper cela
qui dans la présence
fume sous les doigts

Bernard Noël

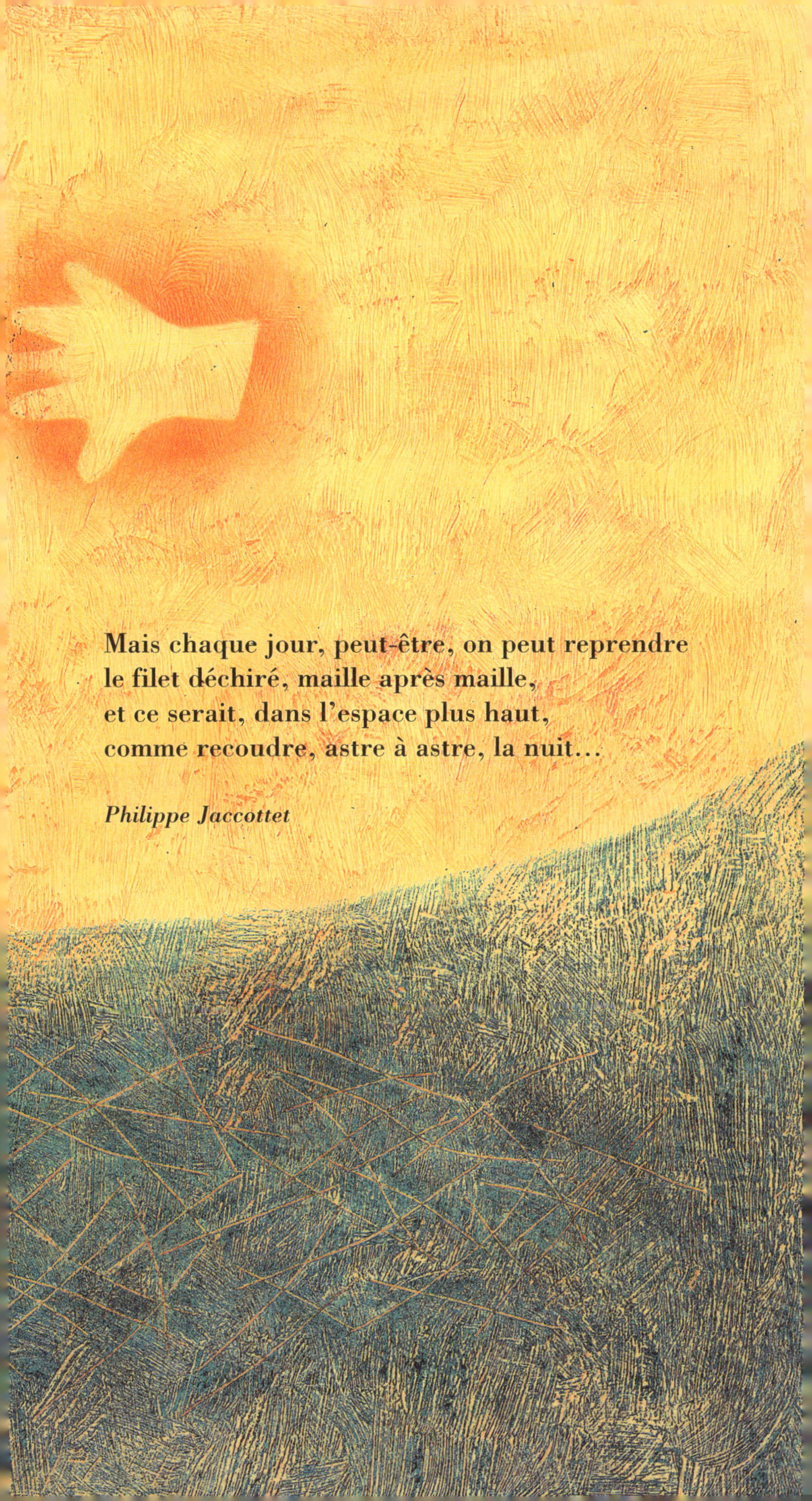

Mais chaque jour, peut-être, on peut reprendre
le filet déchiré, maille après maille,
et ce serait, dans l'espace plus haut,
comme recoudre, astre à astre, la nuit...

Philippe Jaccottet

Terre !

L'homme brisé ira loin encore
comme le bateau voiles tranchées
moteur décranté

force encore, et vagues
et manière de bruit
apparence claire
depuis le quai où l'on espère

et force, et foi,
dans les hommes du pont
dans les brasiers du fond
dans l'œil fin du timonier
main d'or sur le bois blond

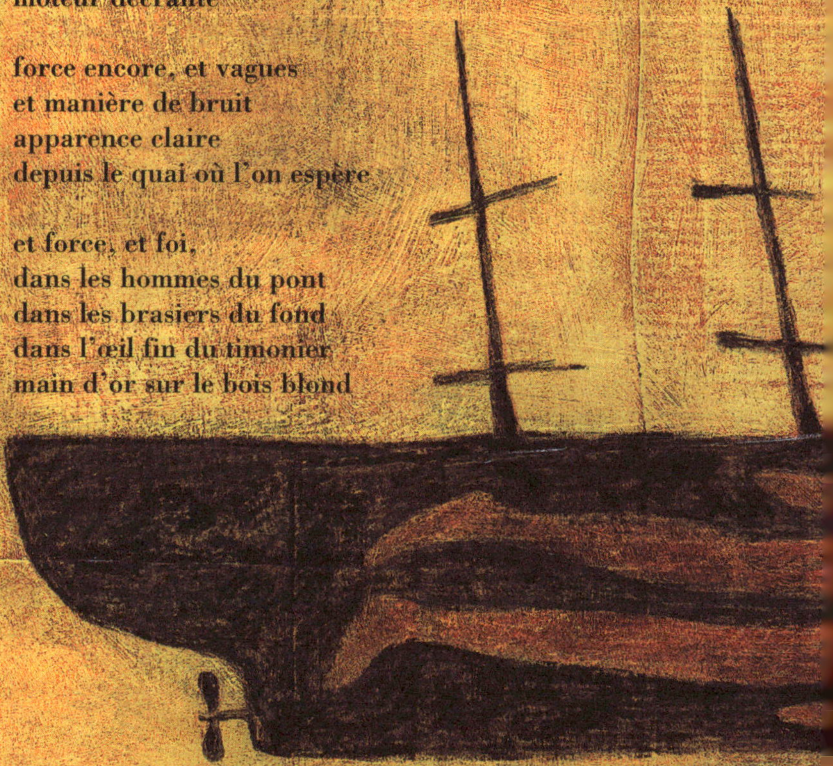

et quel écueil viser
quel sable fin comme femme
quelles algues chuinter s'abattant
parmi les fers les monceaux les filins !

quel choix, encore
d'un remous en opale d'eau vive
d'un mugissement de mère vers le large
d'un ensorcellement de houle reformée
de l'éclat du vrai vent sur le front
tout le sang à la gorge pour le cri
les larmes devant l'autre terre
plage d'encens béton couronnes de ronces
mais de l'inconnu les yeux grands ouverts !

Gilles Lades

À moi seul je fais le travail de la nuit. Nous unissons parfois nos efforts en vue de faire reculer l'aube.
Malgré tout, chaque jour, l'histoire immédiate nous enseigne quelle est la tâche urgente du matin : donner naissance à nouveau à l'innommable, rendre forces vives à la folie des hommes.

Tu te lèves et t'en vas superbe vers de joyeux massacres, citadin muet parmi d'autres dans les rues, qui vont le pouce en bas réclamant en silence la mise à mort des rêves.
C'est l'heure matinale où toute la ville tendue, artères variqueuses poumons d'acier, témoigne avec ténacité de son désir démentiel de détruire tout.

J'ai vécu, enfant, dans cet enfer faisant chaque jour le chemin vers un jour plus sombre, arpentant quartier par quartier la solitude, soulevant le couvercle des poubelles pour y renifler les derniers quignons de ciel.

Enfin la nuit m'a montré que les lumières de la cité n'éclaireraient jamais que les miroirs de la misère et de la mort. J'ai pris mon bagage et je suis parti, marchant longtemps, seul et pour loin des hommes, voilà tout.

Aujourd'hui, usé mais vivant, j'ai trouvé terre et entrepris de combattre avec les fantômes fous des ténèbres pour l'abolition des lendemains.

Pierre Autin Grenier

Vie II

À côté

Qu'est-ce que ma vie ?
Parfois, au tréfonds d'une eau
dont je tais les remous…

Elle ne pèse même pas.
Elle n'appelle même pas.

Elle n'est rien.

Et je suis à côté.

Partout

Qu'est-ce que la vie ?

Soudain elle me presse,
Écarte les nervures de l'ombre,
Féconde les régions du feu,
M'invente où je ne rêvais plus.

Soudain…
Qu'importe mes crépuscules !

Elle est Avènement

Et je suis en sa fleur.

Andrée Chédid

SECRET DE L'HOMME

Qu'est-ce que l'homme ?
– C'est un secret de Dieu.
Ici s'achève le voyage,
et l'on devrait se demander
d'où vient le voyageur,
quelle fut la distance
et pourquoi d'un royaume
au royaume prochain
il n'y avait ni route,
ni en son lieu une parole galopante.
Ici commence le voyage,
et l'on devrait se demander
qui est cet heureux voyageur,
quelle distance il parcourra,
et pourquoi d'un royaume
au royaume prochain
comme pour le tromper
il y a trop de routes,
avec trop de poèmes
passant, repassant au galop.
Qu'est-ce que Dieu ?
– C'est un secret de l'homme.

Alain Bosquet

CETTE VIE, LA PORTER…

Cette vie, la porter
jusqu'à l'incandescence
comme un bouquet fragile
d'étincelles sauvées
dont seul l'éclair fertile
aurait un peu de sens.
La porter comme un feu
au temps des hommes nus,
comme un noyau de braises
à transmettre à tous ceux
qui refont la genèse
en paradis perdu.

Cette vie, l'arpenter
d'un bon pas de marcheur
qui saurait cependant
qu'il peut se dérouter,
qu'il n'est ni lieu ni heure
pour arriver à temps.
L'arpenter ou flâner,
c'est selon la saison,
la manière qu'on a
de chercher l'horizon
et d'accorder son pas
au monde traversé.
(…)

Cette vie, l'inventer
contre l'usure des mots,
les lèvres trop prudentes,
les gestes étriqués
et les rêves falots
qui nous lient dans l'attente.
L'inventer à propos,
puisque le cœur réclame
un peu plus de vertige,
un peu plus d'états d'âme
et que le chant exige
et la langue et la peau.
(...)

Cette vie, la fêter
en allant jusqu'au bout
dans la paix et la fièvre,
ayant su la risquer
en se tenant debout
et la caresse aux lèvres.
La fêter en secret
en lui offrant son temps
et croire désapprendre
la peine et les regrets
en leur abandonnant
les jours tombés en cendre.

Michel Baglin

VISITEUR

Passe, passe dans la vie en visiteur
C'est beau, applaudis c'est laid, passe ailleurs
Passe sans que tes pas blessent une fleur
Le ciel te le rendra passe en douceur

Les parfums de la terre, les couleurs de l'eau, l'or de l'été
On est prié d'laisser les lieux dans l'état où ils étaient

Passe, passe dans la vie en visiteur

Vois, vois c'est ta vie, sois aussi créateur
Oui, crée, ne fût-ce qu'un cri
Et saigne en seigneur

Les parfums de la terre, les couleurs de l'eau, l'or de l'été
On est prié de laisser les lieux dans l'état où ils étaient

Claude Nougaro

Ne plus vivre toujours comme on écrit des lettres
Pour destinataire inconnu.
Ne plus boire au goulot
Cet alcool quotidien de soleils frelatés
Ne plus expatrier le peuple des étoiles

J'ai assez parcouru les avenues désertes
Et ouvert des portes vermoulues
Sur le passé plié dans le fond des armoires
Laissez-moi partir il est l'heure
On meurt d'être toujours en retard d'un matin

Christian Hubin

Devise

Savoir partager
deux œufs du matin
en trois parts égales,

un souci
en deux parts fraternelles,

et la liberté
en nulle part.

Alain Serres

Vœu

Je séparerais
Le bleu du feu

Je réveillerais le seigle et la prune
Dans l'eau-de-vie

L'œuf
Je le dégagerais des pâtes

Je serais ménagère à dépétrir
Pour défaire l'homme en ses origines d'écume
Rêver les lames
De ses branchies
Persiennes plus claires au monde

Un corps qui baignerait

Une maison-monde.

Marie-Claire Bancquart

L'INTELLIGENCE

à Claude Mauriac

L'intelligence dit que la fourmi travaille.
L'amour dit qu'elle souffre.
L'intelligence dit que la fleur est éclose.
L'amour dit qu'elle est belle et va mourir.
L'intelligence dit que la pierre est muette.
L'amour dit qu'elle a peur de parler.
L'intelligence dit que l'astre en cache d'autres.
L'amour dit qu'il est seul dans sa gloire infinie.
L'intelligence dit que la rivière coule.
L'amour dit qu'elle passe et que c'est triste.
L'intelligence dit qu'elle est lumière.
L'amour dit qu'il accepte d'être aveugle.
L'intelligence dit que le jour suit la nuit.
L'amour dit que le jour et la nuit se confondent.
L'intelligence dit qu'il faut comprendre.
L'amour dit qu'on a tort de trop s'interroger.
L'intelligence dit que l'oiseau vole.
L'amour dit que l'oiseau est un dieu.
L'intelligence dit que l'amour le dérange.
L'amour dit qu'il envie l'intelligence.

Alain Bosquet

J'en appelle à la beauté
qui sera
front d'espoir

Abdellatif Laabi

A

Quant à vous
poètes de ces temps de lucre
vendeurs de poésie
en petites tranches d'émotion
en petits sachets d'érotisme
mystiques à cœur de fausset
n'arrivant pas à la cheville d'Al Hallaj
grands démissionnaires de la lutte de nos peuples
vous
camouflant votre impuissance
derrière les théories ronflantes du Grand Art
complexés jusqu'à la moelle
par les reflets vacillants
d'une littérature qui se meurt
sur les rives de la Seine
ou de la Tamise
j'empaille vos écritures
dans le musée de mes anciennes illusions
et je tends la main
à mes frères combattants
ceux qui comme Maïakovski
et Nazim Hikmet
savent de quel tocsin les mots sont capables
quelle terrible vérité et quel amour
véhicule le poème
quand c'est le peuple qui le dicte

Abdellatif Laabi

OUVERT

Parfois je vais
comme un immense sourire lumineux
          transparent invisible
          et tout ce que je vois alors
          c'est moi-même :
          vu de l'intérieur

Éveille-toi ! éveille-toi ! revêts ta force !

Daniel Biga

- **Henri Pichette**, *Les Épiphanies*, coll. Poésie, éd. Gallimard, 1969
- **Claude Roy**, *Un seul poème*, éd. Gallimard, 1954
- **André Schmitz**, *Les Prodiges ordinaires*, éd. L'Âge d'Homme, 1991
- **Jacques Dupin**, *L'Embrasure*, éd. Gallimard, 1969
- **Robert Sabatier**, *L'Oiseau de demain,* éd. Albin Michel, 1981
- **Jean Rousselot** cité par Michel Cosem *in Au pays des mille mots,* éd. Milan, 1988
- **Guillevic**, *Le Chant,* éd. Gallimard, 1990
- **Guillevic**, inédit cité par J. Charpentreau *in Paraphes,* éd. Hachette Jeunesse, 1991
- **Guillevic**, cité par de Cornière *in C'est à cause du titre,* éd. L. O. Four, 1981
- **Yves Bonnefoy**, *Du mouvement et de l'immobilité de Douve,* éd. Mercure de France, 1953
- **F. J. Temple**, *La Chasse infinie,* éd. Granit, 1995
- **Lorand Gaspar**, *Sol absolu,* coll. Poésie, éd. Gallimard, 1972
- **Guillevic**, *Terre à bonheur,* éd. Seghers, 1952
- **Lorand Gaspar**, *Sol absolu,* éd. Gallimard, 1972
- **Yves Rouquette**, *L'Écriture publique ou pas,* éd. Institut d'Études Occitanes, 1988
- **Casimir Prat**, *Vers la nuit,* éd. L'Arrière-Pays, 1996
- **Yves Bonnefoy**, *Ce qui fut sans lumière,* éd. Mercure de France, 1987
- **Andrée Chédid**, « Saison des hommes » *in Textes pour un poème 1949-1970,* éd. Flammarion, 1987
- **Andrée Chédid**, *Textes pour un poème 1949 -1970,* éd. Flammarion, 1987
- **Jean Joubert**, *Saison d'appel,* éd. Grasset, 1973
- **François de Cornière**, *Tout cela,* éd. le Dé Bleu
- **Georges L. Godeau**, *Venez, je vous emmène,* éd. Ouvrières, 1979
- **Gabriel Cousin**, *L'ordinaire amour II,* éd. Saint-Germain-des-Prés, 1984
- **Gil Jouanard**, *Le moindre mot,* éd. Fata Morgana, 1990
- **Jacques Réda**, *Retour au calme,* éd. Gallimard, 1989
- **René Depestre**, *Poète à Cuba,* éd. P. J. Oswald, 1976, © René Depestre
- **Jean Rousselot**, « Maille à partir » *in Le Moyen d'existence,* éd. Seghers, 1976
- **Gaston Puel**, « Arguments » *in D'un lien mortel,* éd. José Corti, 1962
- **Daniel Biga**, *Station du chemin,* éd. Le Dé Bleu, 1990
- **Kenneth White**, *Atlantica,* éd. Grasset, 1986
- **Casimir Prat**, «l'horreur ou la merveille» *in Multiples* n°36
- **Georges Emmanuel Clancier**, « Saisons » *in Evidences, poèmes en prose,* éd. Mercure de France, 1960
- **Bernard Noël**, cité par Dominique Penloup *in Contre tombeaux,* éd. Le Dé Bleu, 1996
- **Philippe Jaccottet**, « Pensées sous les nuages » *in À la lumière d'hiver,* suivi de *Pensées sous les nuages,* coll. Poésie, éd. Gallimard, 1994
- **Gilles Lades**, *Cahiers de poèmes,* n° 62, 1996

• **Pierre Autin Grenier**, *Histoires secrètes,* éd. L.O. Four, 1982
• **Andrée Chédid**, *Textes pour un poème 1949-1970,* éd. Flammarion, 1987
• **Alain Bosquet**, *Le livre du doute et de la grâce,* éd. Gallimard, 1977
• **Michel Baglin**, *L'obscur vertige des vivants,* éd. Le Dé Bleu, 1994
• **Claude Nougaro**, musique de Aldo Romano, éd. Chiffre Neuf et J. M. Salhani, 1981
• **Christian Hubin**, *Le chant décapite la nuit,* éd. Henry Fagne
• **Alain Serres**, *N'écoute pas celui qui répète,* éd. Cheyne, 1986
• **Marie-Claire Bancquart**, *Mémoire d'abolie,* éd. Belfond, 1978
• **Alain Bosquet**, *Le livre du doute et de la grâce,* éd. Gallimard, 1977
• **Abdellatif Laabi**, *Sous le bâillon le poème, écrits de prison,* éd. L'Harmattan, 1981
• **Daniel Biga**, *Stations du chemin,* éd. Le Dé Bleu, 1990

POETES